KADICK
KING SIZE
FILTERS
FULL RICH
AMERICAN BLEND
CHARLES D. WARD
- Antique Shop -
London
à l'intention de M. Graham Gallagher
Monsieur,
Je tiens dès aujourd'hui à votre disposition le tableau dont je vous ai déjà parlé au téléphone. Il faisait partie d'un lot mis aux enchères, ce qui rend obscure son origine.
Selon nos sources, il aurait été exécuté par un amateur, pensionnaire d'un asile d'aliénés à la fin du siècle dernier. Cette oeuvre n'a donc guère de valeur sur le plan artistique mais l'étrangeté de son sujet vous interpellera sûrement.
Cordialement.

LE CHANT DES STRYGES

VESTIGES

SCÉNARIO
CORBEYRAN

DESSIN
RICHARD GUERINEAU

COULEURS
RUBY

"Il est évident que nous nous précipitons
vers quelque entraînante découverte,
- quelque incommunicable secret
dont la connaissance implique la mort."

Edgar Allan Poe

DELCOURT

Dans la même série :
Tome 1 : Ombres
Tome 2 : Pièges
Tome 3 : Emprises
Tome 4 : Expériences
Tome 5 : Vestiges

Dans le même univers :
• Le Maître de jeu (deux volumes) - scénario de Corbeyran, dessin de Charlet
• Le Clan des Chimères (un volume) - scénario de Corbeyran, dessin de Suro

Des mêmes auteurs, chez le même éditeur :
• L'As de pique (édition intégrale)

Du même scénariste, chez le même éditeur :
• Le Fond du monde (cinq volumes) - dessin de Falque
• La Digue - dessin d'Alfred
• Abraxas (deux volumes) - dessin d'Alfred
• Petit Verglas (deux volumes) - dessin de Sattouf
• Paroles de taulards - collectif, en coédition avec Bd Boum/Festival de Blois
• Paroles de taule - collectif, en coédition avec Bd Boum/Festival de Blois
• Kid Korrigan - dessin de Lejonc
• Le Phalanstère du bout du monde - dessin de Bouillez

Dépôt légal : mai 2001. I.S.B.N. : 2-84055-647-2

Conception graphique : Trait pour Trait

Achevé d'imprimer en février 2002
sur les presses de l'imprimerie Lesaffre, à Tournai, Belgique.
Relié par Ouest Reliure à Rennes.

www.editions-delcourt.fr

TRÈS BIEN... J'ARRIVE TOUT DE SUITE, GRAHAM...
TU PARS ENCORE
TU ME LAISSES ENCORE TOUTE SEULE...
JE SUIS DÉSOLÉ...
IL LE FAUT, KELLY...
LAISSE-MOI T'ACCOMPAGNER, JOSH...
RIEN QU'UNE FOIS... JE T'EN PRIE...
NON... NI CETTE FOIS NI JAMAIS...
IL Y A TOUJOURS UN RISQUE...
JE T'AI ENTENDU... IL S'AGIT SEULEMENT D'UNE RECONNAISSANCE...
JE SERAI PRUDENTE, MONSIEUR LE PROFESSEUR DE PHILOSOPHIE QUI MÈNE UNE DOUBLE VIE... JE TE LE PROMETS...
N'INSISTE PAS, KELLY... IL NE S'AGIT PAS D'UN JEU...
S'IL TE PLAÎT...

POURQUOI NE ME PARLES-TU JAMAIS DE CES MISSIONS ?
C'EST DIFFICILE À CROIRE ... ET ENCORE PLUS DIFFICILE À RACONTER ...
TU PENSES VRAIMENT QUE CES CHOSES EXISTENT ? JE VEUX DIRE : ICI ... DANS LE MONDE RÉEL ?
JE CROIS CEUX QUI DISENT LES AVOIR VUES ...
ET TOI ? TU EN AS VU ?
JUSQU'À PRÉSENT, JE N'AI PU QU'OBSERVER LES EFFETS DE LEUR PRÉSENCE.
ACCÈS DE DÉMENCE ... CRIMES SOUS INFLUENCE ...
TU EN AS VU, MAIS TU NE PARVIENS PAS À Y CROIRE, N'EST-CE PAS ?
JE N'EN AI JAMAIS VU, KELLY ...

ATTENDS-MOI ICI, KELLY... NE BOUGE PAS DE LA VOITURE ... SOUS AUCUN PRÉTEXTE !
MAIS...
JOSH ! NON ! ATTENDS ! CE N'EST PAS...
JE N'EN AI PAS POUR LONGTEMPS ...
MONSIEUR PRESTON, JE VOUS PRÉSENTE JOSHUA RUNNELS MON ASSOCIÉ...
BONSOIR, M. PRESTON ...
Z'ÊTES CERTAINS D'Y SUFFIRE À VOUS DEUX ?
S13
IL NE S'AGIT POUR L'INSTANT QUE DE SE RENDRE COMPTE DE VISU, MONSIEUR PRESTON ... SI NOTRE VISITE CONFIRME VOS CRAINTES, NOUS AVISERONS ...
C'EST PAR ICI QUE ÇA SE PASSE, JOSH ...
JOSH ?

JOSH ?
JOSH ...
TU ES LÀ ?
!!!
NOOOON!!
AAAAAAAA
KELLY !
VITE, GRAHAM !
KELLY !

KELLY !
OH ! MON DIEU ! KELLY !
SAURAS - TU ME PARDONNER ?

CONCENTRE-TOI, KELLY ... ESSAIE ENCORE ...
NOON!!
NON ! JE NE PEUX PAS ! JE NE PEUX PAS !
ARRÊTE, GRAHAM ! ÇA SUFFIT !
TU VOIS BIEN QUE ÇA NE MÈNE À RIEN !
... SI CE N'EST À LA FAIRE SOUFFRIR DAVANTAGE ...
KELLY ! NE VA PAS PAR LÀ ! JE T'EN PRIE !
KELLY ! REVIENS ! ...
REVIENS!!

KEEELLY!!

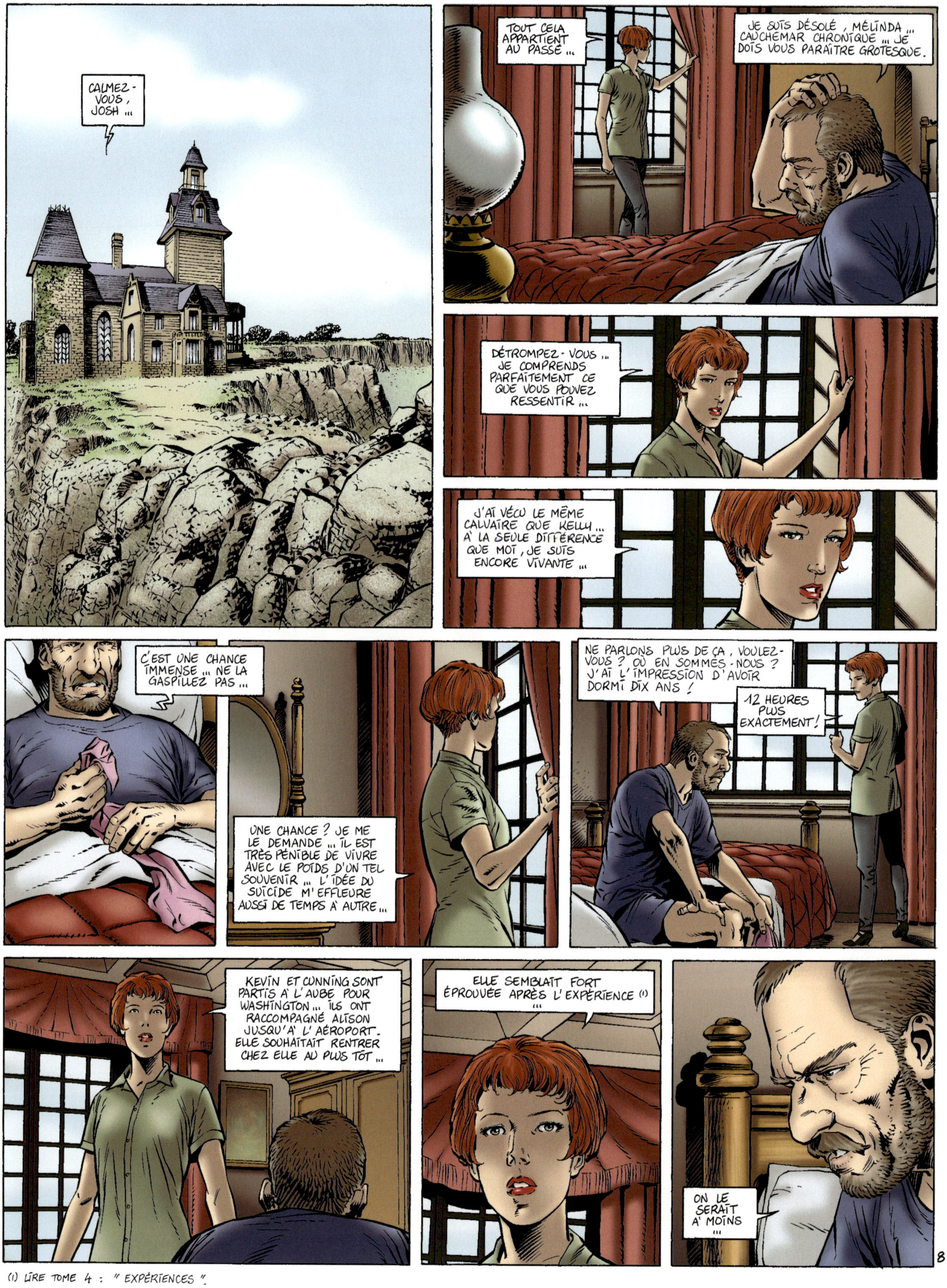

(1) LIRE TOME 4 : " EXPÉRIENCES ".

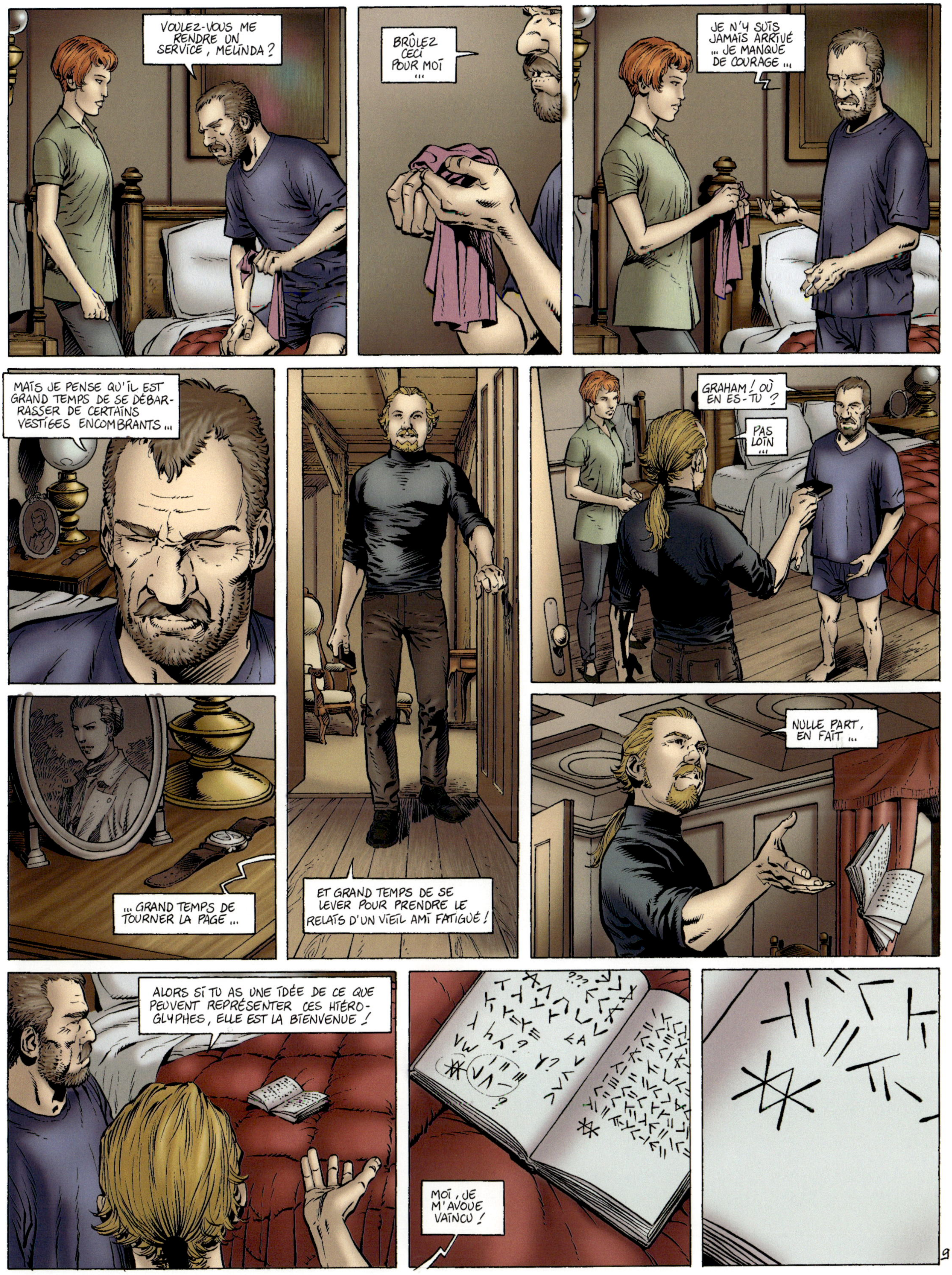
VOULEZ-VOUS ME RENDRE UN SERVICE, MELINDA ?
BRÛLEZ CECI POUR MOI ...
JE N'Y SUIS JAMAIS ARRIVÉ ... JE MANQUE DE COURAGE ...
MAIS JE PENSE QU'IL EST GRAND TEMPS DE SE DÉBARRASSER DE CERTAINS VESTIGES ENCOMBRANTS ...
... GRAND TEMPS DE TOURNER LA PAGE ...
ET GRAND TEMPS DE SE LEVER POUR PRENDRE LE RELAIS D'UN VIEIL AMI FATIGUÉ !
GRAHAM ! OÙ EN ES-TU ?
PAS LOIN ...
NULLE PART, EN FAIT ...
ALORS SI TU AS UNE IDÉE DE CE QUE PEUVENT REPRÉSENTER CES HIÉROGLYPHES, ELLE EST LA BIENVENUE !
MOI, JE M'AVOUE VAINCU !
9

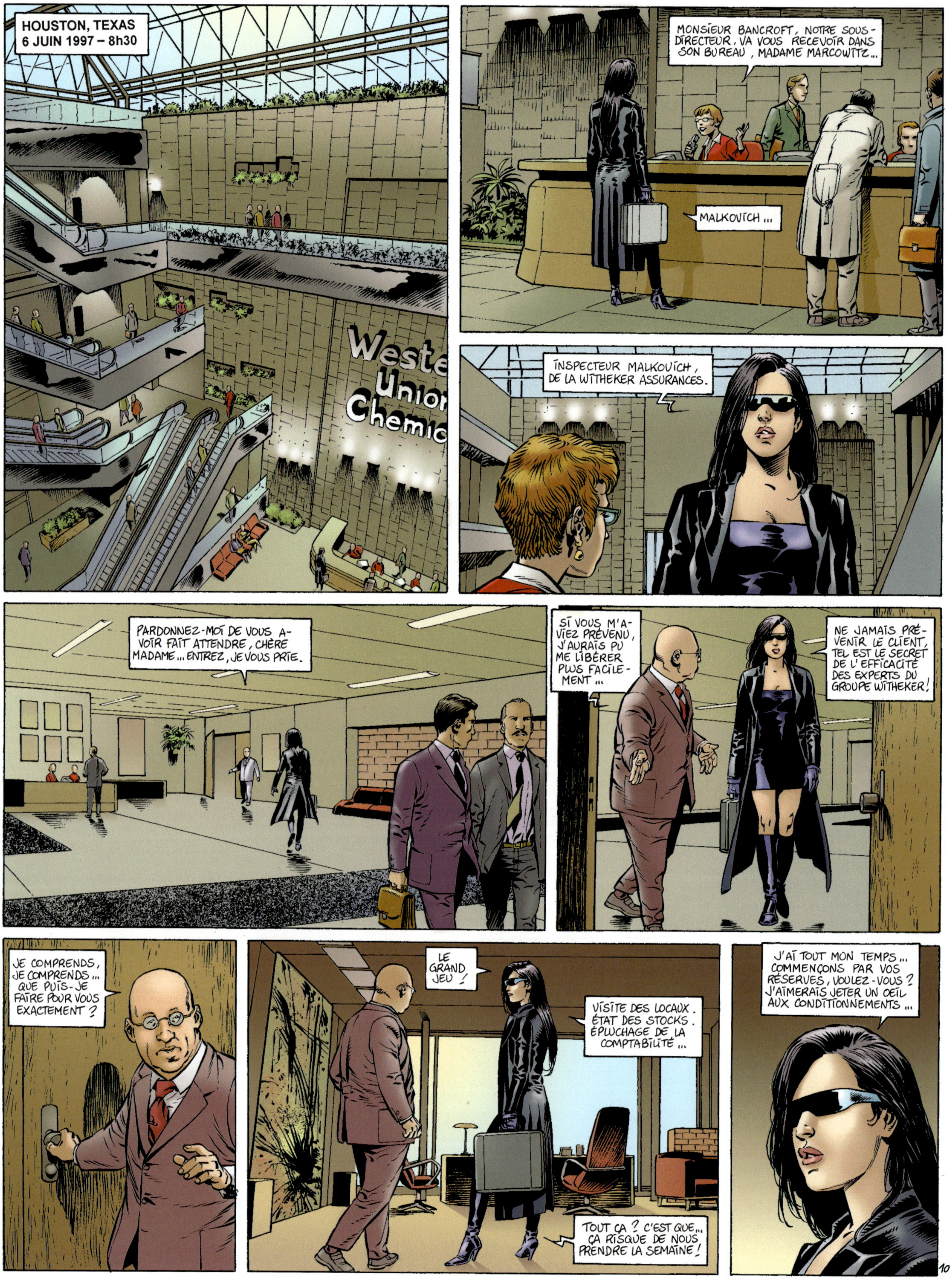
HOUSTON, TEXAS
6 JUIN 1997 – 8h30
Weste
Unio
Chemic
MONSIEUR BANCROFT, NOTRE SOUS-DIRECTEUR, VA VOUS RECEVOIR DANS SON BUREAU, MADAME MARCOWITZ...
MALKOVITCH...
INSPECTEUR MALKOVITCH, DE LA WITHEKER ASSURANCES.
PARDONNEZ-MOI DE VOUS AVOIR FAIT ATTENDRE, CHÈRE MADAME... ENTREZ, JE VOUS PRIE.
SI VOUS M'AVIEZ PRÉVENU, J'AURAIS PU ME LIBÉRER PLUS FACILEMENT...
NE JAMAIS PRÉVENIR LE CLIENT, TEL EST LE SECRET DE L'EFFICACITÉ DES EXPERTS DU GROUPE WITHEKER!
JE COMPRENDS, JE COMPRENDS... QUE PUIS-JE FAIRE POUR VOUS EXACTEMENT?
LE GRAND JEU!
VISITE DES LOCAUX. ÉTAT DES STOCKS. ÉPLUCHAGE DE LA COMPTABILITÉ...
TOUT ÇA? C'EST QUE... ÇA RISQUE DE NOUS PRENDRE LA SEMAINE!
J'AI TOUT MON TEMPS... COMMENÇONS PAR VOS RÉSERVES, VOULEZ-VOUS? J'AIMERAIS JETER UN OEIL AUX CONDITIONNEMENTS...
10

(1) LIRE TOME 4 : " EXPÉRIENCES "

NOUS CONTINUONS ? LE LABORATOIRE SE TROUVE À L'ÉTAGE ...
UN INSTANT ! J'AIMERAIS VOIR CE QUI SE TROUVE À L'INTÉRIEUR DE CES CAISSES ...
C'EST QUE ...
...J-JE NE SUIS PAS AUTORISÉ À LES OUVRIR ...
JE ME PASSERAI DONC DE VOTRE AUTORISATION !
KSH
EEH ! VOUS N'AVEZ PAS LE DROIT !
VOUS ÊTES SOUFFRANTE ?
JE CONNAIS UN REMÈDE UNIVERSEL CONTRE LA CURIOSITÉ ...
ENTREZ SAGEMENT DANS L'ASCENSEUR.
12

DEL ? C'EST PETER ... PRÉPAREZ D'URGENCE UN COMITÉ D'ACCUEIL !
QUI ÊTES-VOUS? POUR QUI TRAVAILLEZ-VOUS ?
MES CARTES DE VISITE SONT DANS MA MALLETTE ...
CLK
BOOMM
!!!
?!
ENCORE TOI ...
QUOIQUE CETTE FOIS, JE M'ATTENDAIS UN PEU À TE TROUVER LÀ ...
DING
!!
13

KOF! KOF! JE NE COMPRENDS PAS CE QUI S'EST PASSÉ... JE... KOF! KOF!
JE CROIS QU'IL EST GRAVEMENT BLESSÉ...
PAW
TCHK
TCHK
BLAM BLAM
BLAM
14

Western Union Chemical
BLAM BLAM
CRRASH
BLAM
BLAM
BUNK
PEWW
PEWW
THUMP

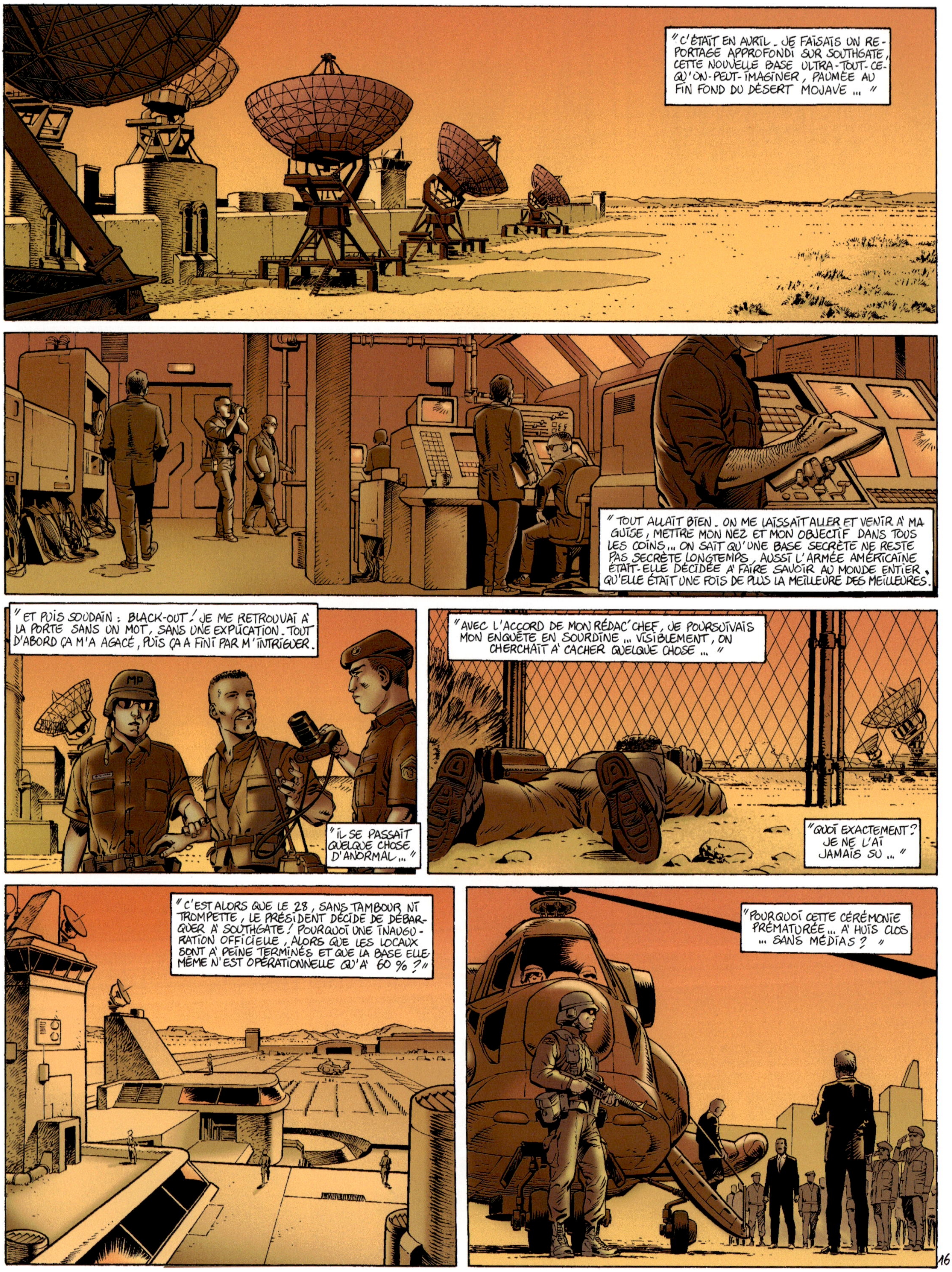
"C'ÉTAIT EN AVRIL. JE FAISAIS UN REPORTAGE APPROFONDI SUR SOUTHGATE, CETTE NOUVELLE BASE ULTRA-TOUT-CE-QU'ON-PEUT-IMAGINER, PAUMÉE AU FIN FOND DU DÉSERT MOJAVE ... "
" TOUT ALLAIT BIEN. ON ME LAISSAIT ALLER ET VENIR À MA GUISE, METTRE MON NEZ ET MON OBJECTIF DANS TOUS LES COINS... ON SAIT QU'UNE BASE SECRÈTE NE RESTE PAS SECRÈTE LONGTEMPS, AUSSI L'ARMÉE AMÉRICAINE ÉTAIT-ELLE DÉCIDÉE À FAIRE SAVOIR AU MONDE ENTIER, QU'ELLE ÉTAIT UNE FOIS DE PLUS LA MEILLEURE DES MEILLEURES.
"ET PUIS SOUDAIN : BLACK-OUT! JE ME RETROUVAI À LA PORTE SANS UN MOT, SANS UNE EXPLICATION. TOUT D'ABORD ÇA M'A AGACÉ, PUIS ÇA A FINI PAR M'INTRIGUER.
MP
"IL SE PASSAIT QUELQUE CHOSE D'ANORMAL..."
"AVEC L'ACCORD DE MON RÉDAC'CHEF, JE POURSUIVAIS MON ENQUÊTE EN SOURDINE... VISIBLEMENT, ON CHERCHAIT À CACHER QUELQUE CHOSE ... "
"QUOI EXACTEMENT? JE NE L'AI JAMAIS SU ... "
"C'EST ALORS QUE LE 28, SANS TAMBOUR NI TROMPETTE, LE PRÉSIDENT DÉCIDE DE DÉBARQUER À SOUTHGATE! POURQUOI UNE INAUGURATION OFFICIELLE, ALORS QUE LES LOCAUX SONT À PEINE TERMINÉS ET QUE LA BASE ELLE-MÊME N'EST OPÉRATIONNELLE QU'À 60 %?"
"POURQUOI CETTE CÉRÉMONIE PRÉMATURÉE... À HUIS CLOS ... SANS MÉDIAS ? "
16

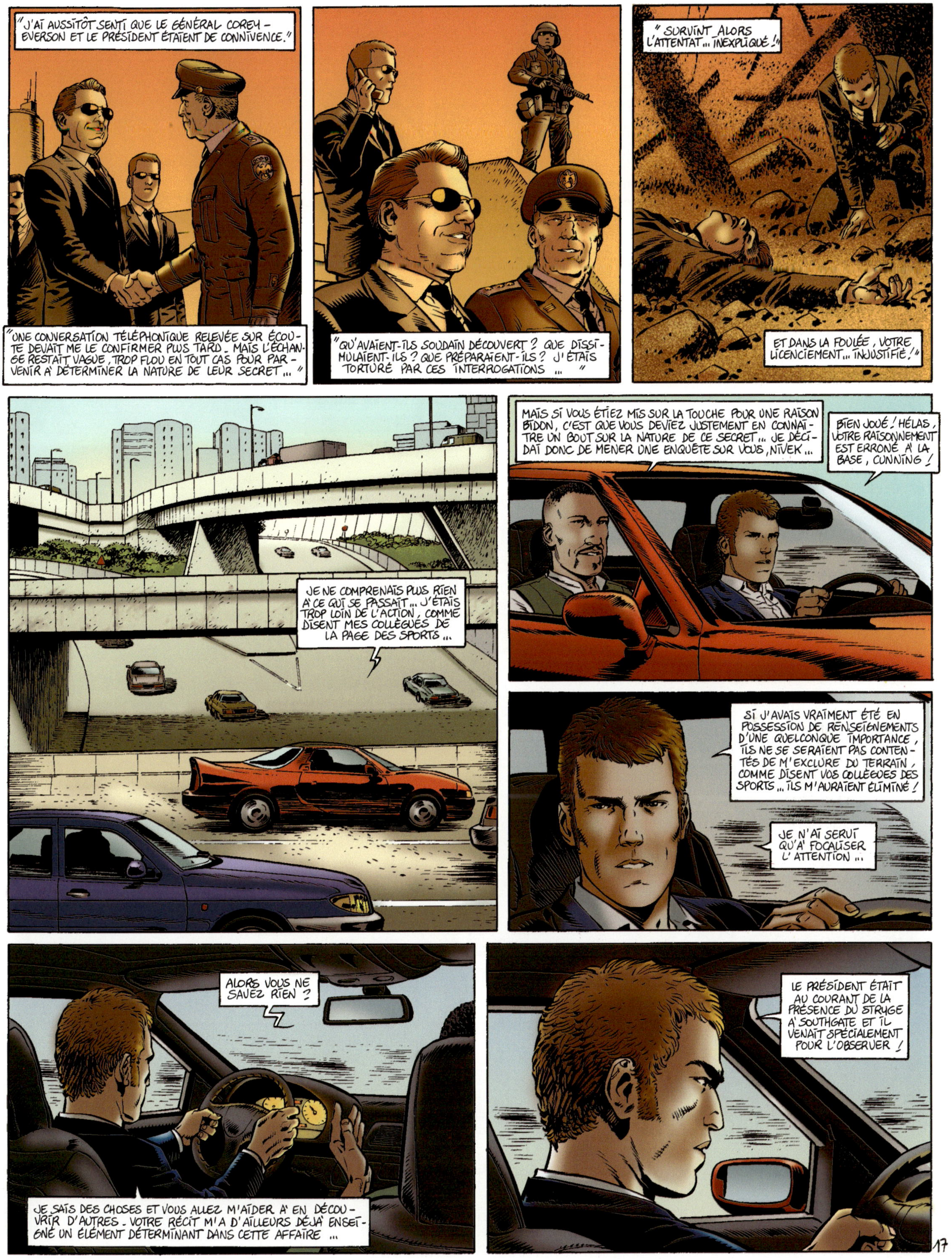
"J'AI AUSSITÔT SENTI QUE LE GÉNÉRAL COREY-EVERSON ET LE PRÉSIDENT ÉTAIENT DE CONNIVENCE."
"UNE CONVERSATION TÉLÉPHONIQUE RELEVÉE SUR ÉCOUTE DEVAIT ME LE CONFIRMER PLUS TARD. MAIS L'ÉCHANGE RESTAIT VAGUE, TROP FLOU EN TOUT CAS POUR PARVENIR À DÉTERMINER LA NATURE DE LEUR SECRET..."
"QU'AVAIENT-ILS SOUDAIN DÉCOUVERT ? QUE DISSIMULAIENT-ILS ? QUE PRÉPARAIENT-ILS ? J'ÉTAIS TORTURÉ PAR CES INTERROGATIONS ..."
"SURVINT ALORS L'ATTENTAT... INEXPLIQUÉ !"
ET DANS LA FOULÉE, VOTRE LICENCIEMENT... INJUSTIFIÉ !"
JE NE COMPRENAIS PLUS RIEN À CE QUI SE PASSAIT... J'ÉTAIS TROP LOIN DE L'ACTION, COMME DISENT MES COLLÈGUES DE LA PAGE DES SPORTS...
MAIS SI VOUS ÉTIEZ MIS SUR LA TOUCHE POUR UNE RAISON BIDON, C'EST QUE VOUS DEVIEZ JUSTEMENT EN CONNAÎTRE UN BOUT SUR LA NATURE DE CE SECRET... JE DÉCIDAI DONC DE MENER UNE ENQUÊTE SUR VOUS, NIVEK...
BIEN JOUÉ ! HÉLAS, VOTRE RAISONNEMENT EST ERRONÉ À LA BASE, CUNNING !
SI J'AVAIS VRAIMENT ÉTÉ EN POSSESSION DE RENSEIGNEMENTS D'UNE QUELCONQUE IMPORTANCE, ILS NE SE SERAIENT PAS CONTENTÉS DE M'EXCLURE DU TERRAIN, COMME DISENT VOS COLLÈGUES DES SPORTS... ILS M'AURAIENT ÉLIMINÉ !
JE N'AI SERVI QU'À FOCALISER L'ATTENTION...
ALORS VOUS NE SAVEZ RIEN ?
JE SAIS DES CHOSES ET VOUS ALLEZ M'AIDER À EN DÉCOUVRIR D'AUTRES. VOTRE RÉCIT M'A D'AILLEURS DÉJÀ ENSEIGNÉ UN ÉLÉMENT DÉTERMINANT DANS CETTE AFFAIRE ...
LE PRÉSIDENT ÉTAIT AU COURANT DE LA PRÉSENCE DU STRYGE À SOUTHGATE ET IL VENAIT SPÉCIALEMENT POUR L'OBSERVER !
17

(1) LIRE TOME 4 : "EXPÉRIENCES".

AEROPORT DE WASHINGTON
15h00
NIVEK ? C'EST MOI ...
J'AI TROUVÉ CE QUE JE CHERCHAIS... JE FILE SUR PEARL JUNCTION ... ET TOI ?
QUOI ? TOUT BALANCER À LA PRESSE ? MAINTENANT ? C'EST PRÉMATURÉ , NON ?
AVEC DE LA CHANCE, DANS QUELQUES JOURS, NOUS EN SAURONS UN PEU PLUS SUR LES ACTIVITÉS DE SANDOR WELTMAN.
ET PUIS JE CROYAIS QU'ON NE DEVAIT SE SERVIR DE CONNING QUE SI NOLAN NOUS FAISAIT UN PETIT DANS LE DOS ...
J'AI CHANGÉ D'AVIS. J'AI LE SENTIMENT QUE SI NOUS NE BRUSQUONS PAS LES CHOSES, TOUTE CETTE HISTOIRE VA FINIR PAR NOUS ÉCHAPPER ...
OK ! C'EST TOI LE PATRON ! RENDEZ-VOUS DEMAIN MATIN POUR COMPTER LES POINTS ...
TAXI !
À L'HÔPITAL DE PEARL JUNCTION.
MONTEZ.
CAB
19

ASILE PSYCHIATRIQUE DE PEARL JUNCTION – 16h10
AGENT DAVIS, FBI ... J'AIMERAIS PARLER AU PROFESSEUR BALLANTINE ...
JE REGRETTE, MADAME ... LE PROFESSEUR BALLANTINE N'EST PLUS PARMI NOUS ...
NE ME DITES PAS QU'IL A ÉTÉ MUTÉ ...
NON. IL EST DÉCÉDÉ.
MEURTRE ?
ACCIDENT. UN INCENDIE A RAVAGÉ L'AILE GAUCHE DU BÂTIMENT À LA FIN DU MOIS DERNIER ... UN DE NOS PENSIONNAIRES A MIS LE FEU DANS UNE CORBEILLE À PAPIERS ...
C'EST ENNUYEUX ! PUIS-JE QUAND MÊME JETER UN COUP D'OEIL À SES DOSSIERS ?
JE REGRETTE. LES AFFAIRES PERSONNELLES DU PROFESSEUR AINSI QU'UNE PARTIE DES ARCHIVES DE L'HÔPITAL ONT ÉTÉ DÉTRUITES PAR LES FLAMMES ...
D'AILLEURS, SI J'AI BONNE MÉMOIRE, VOS COLLÈGUES DU FBI SONT DÉJÀ PASSÉS DEPUIS UN MOMENT... C'EST UNE AFFAIRE CLASSÉE, ME SEMBLE-T-IL ...
IL S'AGIT D'UN COMPLÉMENT D'ENQUÊTE ...
INSINUEZ-VOUS QUE VOUS ENQUÊTEZ SUR UNE AFFAIRE DONT VOUS SEMBLEZ TOUT IGNORER ... JUSQU'À LA MORT DE LA PRINCIPALE VICTIME ?
... JE N'INSINUE RIEN, MISS ...
VEUILLEZ M'ACCOMPAGNER SUR LES LIEUX DU SINISTRE ...
20

MMM... IL FALLAIT S'Y ATTENDRE...
PLUS UNE TRACE DU SÉJOUR DE MÉLINDA ENTRE CES MURS... PLUS LE MOINDRE RÉSULTAT D'ANALYSES...
CROMBIE A FAIT LE MÉNAGE À FOND AVANT DE NOUS QUITTER...
VOUS N'AVEZ RIEN TROUVÉ ?
SI. LA CONVICTION QUE MA VISITE ICI ÉTAIT INUTILE...
?!
EH ! VOUS ! LÀ !
?!
OUI, VOUS, LARA CROFT ! AVEZ-VOUS VU MON AMI BILL ?
CE BON VIEUX BILL EST MON AMI, MAIS ÇA FAIT UN BAIL QUE JE NE L'AI PAS VU...
VOUS ÉTIEZ SON AMIE, VOUS AUSSI, N'EST-CE PAS ? L'AVEZ-VOUS VU ?
JE VOUS REJOINS DANS LE HALL...
21

BILL EST MON MEILLEUR AMI ... IL EST AU CIEL, MAINTENANT, JE CROIS ...
QUI EST BILL ? UN DE VOS PROCHES ?
NOUS SOMMES TOUS LES AMIS DE BILL, ICI ...
PROCHE ... OUI ! TRÈS PROCHE ! ...
MAIS C'EST MOI SA CONFIDENTE, COMPRENEZ-VOUS ? BILL N'A CONFIANCE QU'EN MOI ! EN MOI ! EN MOI !
OK ! OK ! JE VOUS CROIS ... MAINTENANT, LÂCHEZ-MOI ...
MON TRÈS CHER BILL ... ALORS VOUS NE L'AVEZ PAS VU NON PLUS ?
JE N'AI GUÈRE LE TEMPS. ON M'ATTEND.
VOUS ÊTES SON AMIE, N'EST-CE PAS ?
BILL M'A DIT QU'UNE DE SES AMIES ALLAIT VENIR ICI ...
TUMP !
J'ESPÈRE QU'ELLE NE VOUS A PAS TROP IMPORTUNÉE ... ELLE N'EST PAS MÉCHANTE ... ELLE EST JUSTE PERSUADÉE QUE L'UNIVERS EST PEUPLÉ D'AMIS.
CONNAISSEZ-VOUS QUELQU'UN DU NOM DE BILL ?
BILL ? BIEN SÛR ... C'ÉTAIT LE PRÉNOM DU PROFESSEUR BALLANTINE ... POURQUOI ?
POUR RIEN ...
22

RHODE ISLAND
21h40
TU AS TROUVÉ QUELQUE CHOSE ?
NON. L'ENSEMBLE N'EST PAS SANS ÉVOQUER L'ÉCRITURE CUNÉIFORME PHÉNICIENNE ... MAIS CELA NE CORRESPOND DÉCIDÉMENT À AUCUN ALPHABET CONNU ...
LA RÉPÉTITION DE CERTAINS SYMBOLES PROUVE CEPENDANT QU'IL S'AGIT BIEN DE SIGNES ALPHABÉTIFORMES ... DES SIGNES TRÈS ANCIENS ...
DES SIGNES QUI DATENT CERTAINEMENT D'AVANT LA PROTO-ÉCRITURE INDIENNE ET LES HIÉROGLYPHES ... ET D'AVANT L'ÉCRITURE SUMÉRIENNE !
ALORS NOUS SOMMES COINCÉS ...
ON DIRAIT. NOUS N'AVONS AUCUN MODÈLE SUR LEQUEL NOUS APPUYER. TOUS LES ALPHABETS MYSTÉRIEUX N'ONT PAS LEUR CHAMPOLLION ! LES GLYPHES DE L'ÎLE DE PÂQUES DEMEURENT HERMÉTIQUES ENCORE AUJOURD'HUI ...
HASARD OU MYSTIFICATION ?
JE ME DEMANDE À QUOI NOUS AVONS AFFAIRE, CETTE FOIS ...
23

C'EST TA PROPRE MAIN QUI A TRACÉ CES SYMBOLES, GRAHAM ...
EN ÉTAT DE TRANSE MÉDIUMNIQUE, OUI ... OÙ VEUX-TU EN VENIR ?
JE VEUX DIRE QUE S'IL Y A UNE RÉPONSE, C'EST EN TOI QU'ELLE SE TROUVE ...
TU PARLES ! LA RÉPONSE EST SOUS NOS YEUX, MAIS NOUS SOMMES INFOUTUS DE LA DÉCHIFFRER ! VOILÀ LA VÉRITÉ !
LA VÉRITÉ, C'EST QUE NOUS IGNORIONS L'EXISTENCE D'UNE ÉCRITURE STRYGE !
LA VÉRITÉ, C'EST QUE NOUS SOMMES EN COLÈRE CAR CELA REMET EN CAUSE NOS CERTITUDES ET LES FONDEMENTS DE NOTRE LUTTE !
J'AI PEUR DE NE PAS COMPRENDRE, JOSH ...
SI L'ON S'EN RÉFÈRE À LA MYTHOLOGIE ÉGYPTIENNE, LE DIEU THOT FIT CADEAU DE L'ÉCRITURE AUX HOMMES ...
UN CADEAU EMPOISONNÉ, OUI ! DEPUIS SON APPARITION, L'ÉCRITURE DIVISE LE MONDE EN DEUX CATÉGORIES : CEUX QUI LA POSSÈDENT DOMINENT CEUX QUI NE LA POSSÈDENT PAS !
TU AS RAISON ... MAIS UN CADEAU TOUT DE MÊME, CAR ELLE PERMET À LA CONNAISSANCE DE CIRCULER, ET DU COUP, À L'HUMANITÉ D'ÉVOLUER, DE S'ÉLEVER ...
LIVRE LE FOND DE TA PENSÉE, JOSH ... TU CROIS SÉRIEUSEMENT QUE LES STRYGES SERAIENT À MÊME D'INSUFFLER QUELQUE CHOSE DE POSITIF À L'HUMANITÉ ?
JE N'AI PAS DIT ÇA ... MAIS QUI DIT ÉCRITURE, DIT CIVILISATION ... SE POURRAIT-IL ALORS QUE LES STRYGES SOIENT AUTRE CHOSE QUE CES MONSTRES ACHARNÉS À NOTRE PERTE ?
JE N'Y CROIS PAS UN INSTANT !
ÇA NE M'ÉTONNE PAS ... CE N'EST PAS LA PREMIÈRE FOIS QU'UNE DISCUSSION DE CE GENRE NOUS MÈNE À L'IMPASSE ...
24

JE N'AI PAS VU MÉLINDA DEPUIS UN MOMENT... SAIS-TU OÙ ELLE SE TROUVE ?
ELLE EST PARTIE EN DÉBUT D'APRÈS-MIDI... ELLE M'A DIT QUE NIVEK ALLAIT AVOIR BESOIN DE SES CONNAISSANCES MÉDICALES ...
CLINK
?!
BLENK
WHAM

25

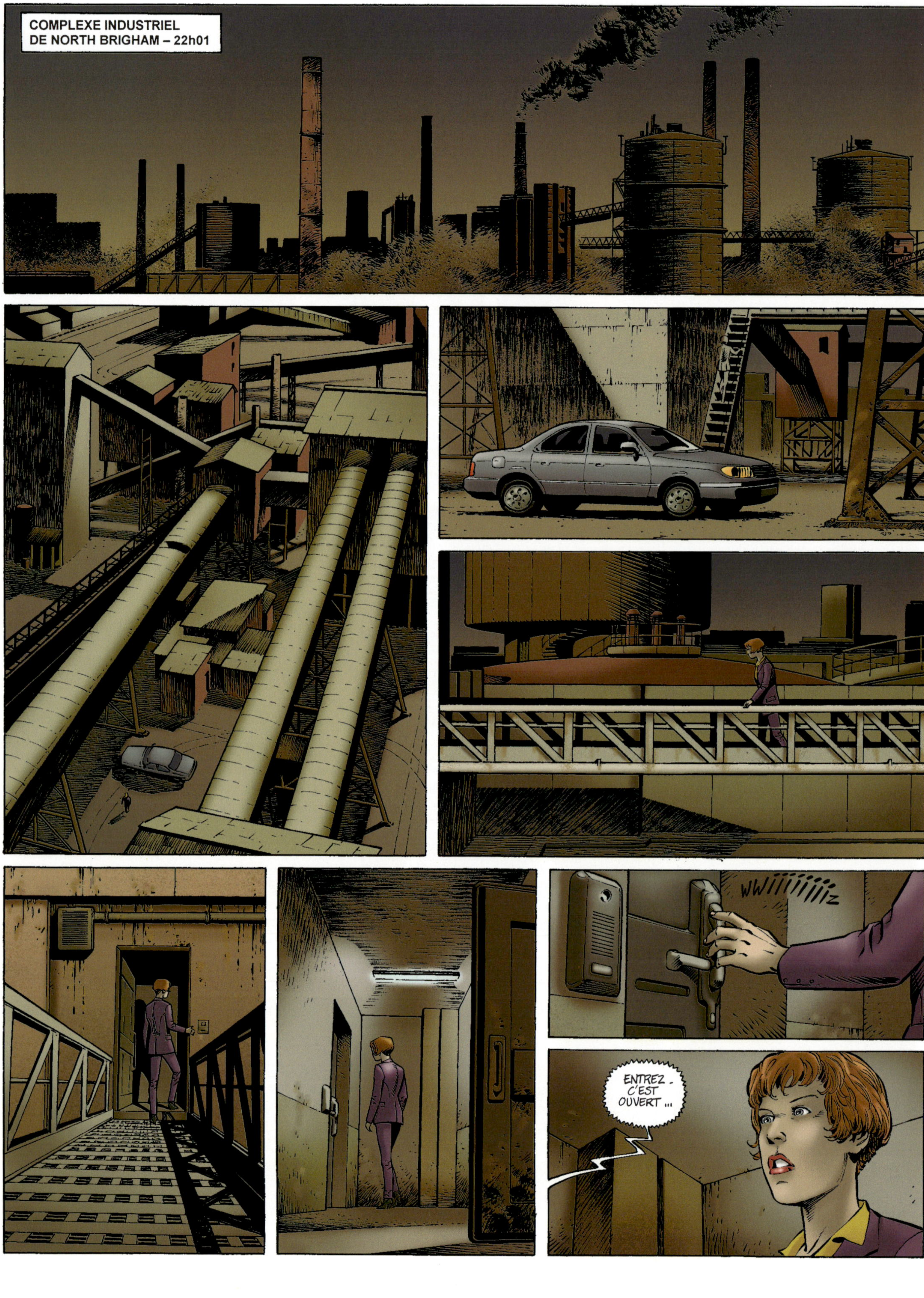
COMPLEXE INDUSTRIEL
DE NORTH BRIGHAM – 22h01
WWIIIIIIIIZ
ENTREZ. C'EST OUVERT ...
26

BIENVENUE DANS MA TANIÈRE, DOCTEUR CHAPMAN...
OÙ EST KEVIN ?
PRENEZ PLACE, JE VOUS EN PRIE...
JE VOUS AI POSÉ UNE QUESTION...
J'IMAGINE QU'EN CE MOMENT IL DOIT SE TROUVER À LA RÉDACTION DU "TRIBUNE", EN COMPAGNIE DE CUNNING...
VOUS M'AVIEZ DIT QU'IL SERAIT ICI... QU'IL AVAIT BESOIN DE MOI...
SI JE NE VOUS L'AVAIS PAS DIT, VOUS NE SERIEZ PAS VENUE, JE ME TROMPE ?
JE NE TROUVE PAS LA PLAISANTERIE AMUSANTE !
27

ATTENDEZ !
VOUS PARTIRIEZ SANS SAVOIR POURQUOI JE VOUS AI DEMANDÉ DE VENIR ?
JE N'AI RIEN À VOUS DIRE ET JE NE VEUX RIEN VOUS DEVOIR !
VOUS AVEZ TORT D'AGIR AINSI, MÉLINDA !
ÉCOUTEZ ! J'IGNORE QUEL EST VOTRE TRUC ET QUELLE FORCE MYSTÉRIEUSE POUSSE IRRÉSISTIBLEMENT KEVIN VERS VOUS ... MAIS SUR MOI, ÇA NE MARCHE PAS !
LAISSEZ-MOI PARTIR !
CLAC
OW !
JE SUIS DÉSOLÉE, MÉLINDA ... JE NE VOUS VEUX AUCUN MAL ...
J'AIMERAIS SEULEMENT QUE VOUS EXAMINIEZ CECI ...
JUSTE UN COUP D'OEIL, D'ACCORD ?
D'ACCORD ...

(1) LIRE TOME 2 : "PIÈGES" (2) LIRE TOME 4 : "EXPÉRIENCES"

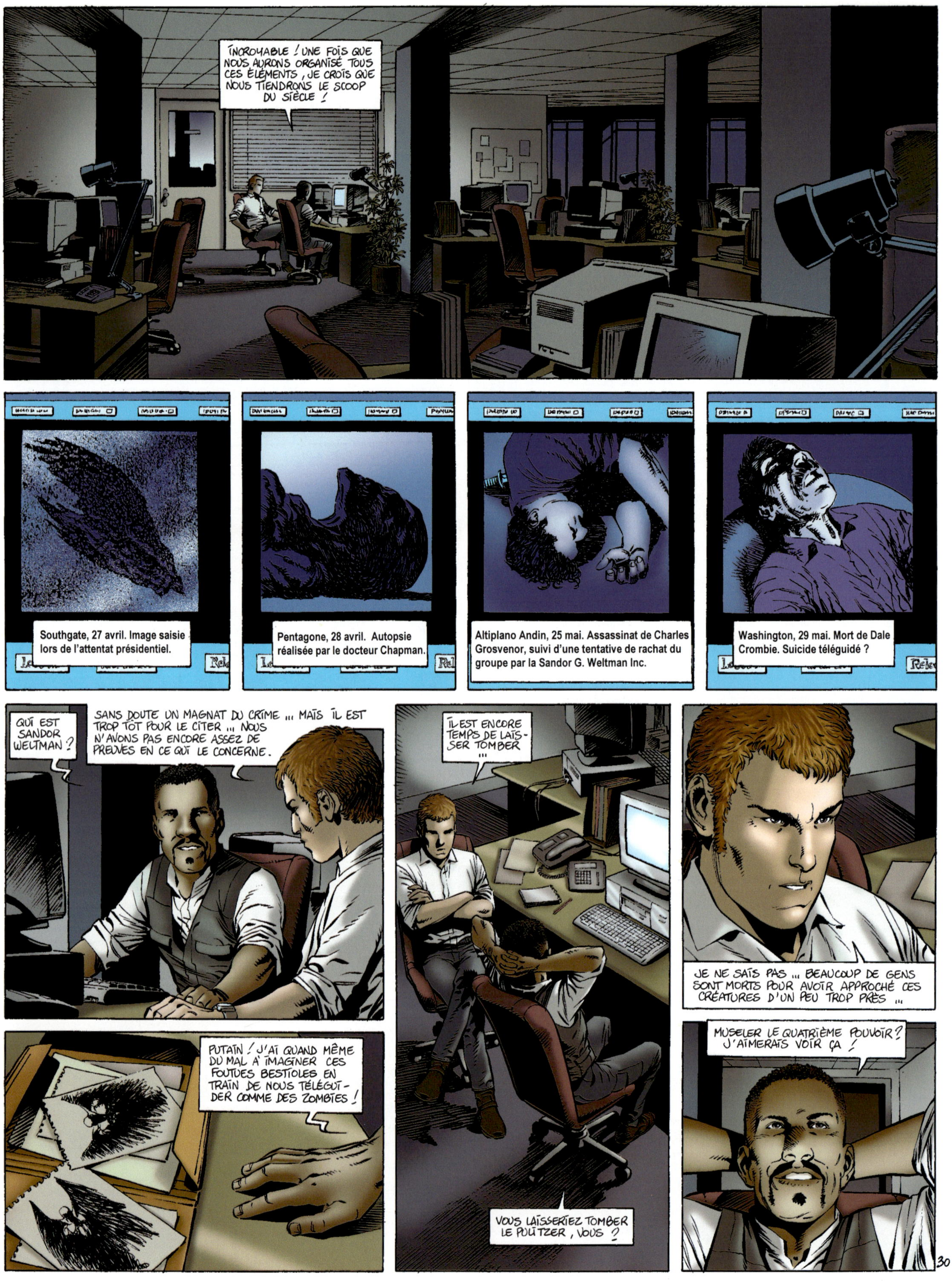
INCROYABLE ! UNE FOIS QUE NOUS AURONS ORGANISÉ TOUS CES ÉLÉMENTS, JE CROIS QUE NOUS TIENDRONS LE SCOOP DU SIÈCLE !
Southgate, 27 avril. Image saisie lors de l'attentat présidentiel.
Pentagone, 28 avril. Autopsie réalisée par le docteur Chapman.
Altiplano Andin, 25 mai. Assassinat de Charles Grosvenor, suivi d'une tentative de rachat du groupe par la Sandor G. Weltman Inc.
Washington, 29 mai. Mort de Dale Crombie. Suicide téléguidé ?
QUI EST SANDOR WELTMAN ?
SANS DOUTE UN MAGNAT DU CRIME ... MAIS IL EST TROP TÔT POUR LE CITER ... NOUS N'AVONS PAS ENCORE ASSEZ DE PREUVES EN CE QUI LE CONCERNE.
PUTAIN ! J'AI QUAND MÊME DU MAL À IMAGINER CES FOUTUES BESTIOLES EN TRAIN DE NOUS TÉLÉGUIDER COMME DES ZOMBIES !
IL EST ENCORE TEMPS DE LAISSER TOMBER ...
VOUS LAISSERIEZ TOMBER LE PULITZER, VOUS ?
JE NE SAIS PAS ... BEAUCOUP DE GENS SONT MORTS POUR AVOIR APPROCHÉ CES CRÉATURES D'UN PEU TROP PRÈS ...
MUSELER LE QUATRIÈME POUVOIR ? J'AIMERAIS VOIR ÇA !
30

JE CROIS QUE ÇA Y EST ...
MES YEUX NE TIENNENT PLUS OUVERTS ...
LAISSEZ-MOI TERMINER ...
LE LOGICIEL N'A PLUS QU'À MODÉLISER LA FORMULE ...
TK TK TK
LES FORMULES SONT PARFAITEMENT SUPERPOSABLES ! LES DEUX SUBSTANCES SONT RIGOUREUSEMENT IDENTIQUES ...
ALLEZ-VOUS ENFIN M'EXPLIQUER À QUOI SERT TOUT ÇA ?
NOUS VENONS SIMPLEMENT DE PROUVER QUE CE MÉDICAMENT CONTIENT UN RÉSIDU DE L'HORMONE SÉCRÉTÉE PAR CES CRÉATURES ... OR CE PRODUIT EST FABRIQUÉ PAR LA "WESTERN UNION CHEMICAL" QUI N'EST AUTRE QUE LA BRANCHE PHARMACOLOGIQUE DU GROUPE "SANDOR G. WELTMAN INC." ...
ET SELON VOUS, CE PRODUIT AURAIT LE POUVOIR D'ACCÉLÉRER LA SÉCRÉTION DE LEUCOCYTES ET DE LYMPHOCYTES ?
EXACTEMENT ... ET IL ÉTABLIT DE MANIÈRE IRRÉFUTABLE LE LIEN ENTRE LE MYSTÉRIEUX SANDOR WELTMAN ET LES STRUGES ...
31

MAISON BLANCHE
7 JUIN 1997 – 7h15
CRÉATURES ET COMPLOTS
Une étrange affaire de dissimulation de preuves
Après trois mois d'enquête au coeur des milieux politiques et militaires, Angus Cunning est aujourd'hui en mesure d'apporter la preuve de l'existence d'un ou plusieurs complots ourdis au sein du Pentagone et de la Maison Blanche.
Les noms des protagonistes de cet hallucinant épisode de l'histoire du pays sont : Kevin Nivek (responsable de la sécurité présidentielle), Arthur Downey (de la CIA), Dale Crombie (secrétaire d'état à la défense) ainsi que le général Corey Everson (commandant en chef de la base militaire de Southgate).
Abusant de ses prérogatives, ce dernier a délibérément dissimulé l'existence d'une créature non humaine dans l'enceinte même de la base. Avant de disparaître mystérieusement, le cadavre de cette créature a pourtant été autopsié par le docteur Chapman.
Au courant des moindres détails, le N°1 du pays joue un rôle prépondérant dans cette affaire mais se réfugie pourtant derrière un mutisme inquiétant.
(analyses et développements en page 2).
Forum économique mondial, qui réunit les dirigeants de la planète
AVEZ-VOUS LU LA PRESSE, MONSIEUR NOLAN ?
JE L'AI LUE, MONSIEUR LE PRÉSIDENT ...
NE SERAIT-CE PAS LÀ L'UN DES EFFETS IMMÉDIATS DE VOTRE NÉGLIGENCE ?
JE NE COMPRENDS PAS, MONSIEUR ...
JE VAIS ÊTRE CLAIR AVEC VOUS, NOLAN : SI VOUS VOUS ÉTIEZ OCCUPÉ CONVENABLEMENT DE NIVEK, CET ARTICLE N'AURAIT JAMAIS VU LE JOUR ! VOULEZ-VOUS MAINTENANT CONNAÎTRE LES EFFETS SECONDAIRES DE VOTRE NÉGLIGENCE ?
TOUTE LA PRESSE VA SE METTRE À FOUINER ! JE VAIS PASSER MON TEMPS À DÉMENTIR ... À ME JUSTIFIER ... BREF, À M'AFFAIBLIR AUX YEUX DE MES ÉLECTEURS ... SAVEZ-VOUS CE QUE PEUT ME COÛTER UN TEL RAMASSIS D'ORDURES, M. NOLAN ?
OUI MONSIEUR ... UNE TELLE ERREUR NE SE REPRODUIRA PLUS, MONSIEUR ...
UNE TELLE ERREUR N'AURAIT JAMAIS DÛ SE PRODUIRE, NOLAN ...
VOUS POUVEZ DISPOSER. JE ME PASSERAI DORÉNAVANT DE VOS SERVICES.
32

RRRFFL
OUI, ÇA Y EST ... LA BOMBE EST LANCÉE !
CUNNING A TOUT FAIT POUR QUE LE PAPIER PUISSE SORTIR DANS L'ÉDITION DU MATIN ... ON Y A PASSÉ LA NUIT, MAIS JE CROIS QU'ON NE POURRA QUE SE FÉLICITER DU RÉSULTAT ...
À PROPOS, JE N'ARRIVE PAS À JOINDRE JOSH ...
OK ! RAPPELLE-MOI DÈS QUE TU AS DU NEUF ...
expresso
RRRRGLL
BLBLL GLLEU
33

DEBOUT, CUNNING ! J'APPORTE LE RAVITAILLEMENT...
J'ESPÈRE QUE VOUS AIMEZ LE CAFÉ SERRÉ... LA MACHINE EST DÉTRAQUÉE...
EH BIEN, CUNNING ? IL FAUT VOUS JOUER LA CHARGE DE LA CAVALERIE ?
POW
POW
AW!
PAW
34

POW
POW
PAW
BLENK
!?
BIIIIP
BIIIIP
BIIIIP
SHIT!
NIVEK ? NOLAN A' L'APPAREIL ...

35

JE NE VOUS FÉLICITE PAS POUR CE QUE VOUS AVEZ FAIT, NIVEK...
ÉCOUTEZ, NOLAN, C'EST UN PLAISIR DE VOUS ENTENDRE, MAIS LE MOMENT EST MAL CHOISI... J'AI BEAUCOUP DE MAL À TERMINER MON PETIT DÉJEUNER, CE MATIN...
DES LOURDEURS D'ESTOMAC, PEUT-ÊTRE ? LE REMORDS VOUS TENAILLE DÉJÀ !
NON, PLUTÔT DES ÉLANCEMENTS DANS L'ÉPAULE ET DES SIFFLEMENTS AUX OREILLES...
VOUS AVEZ VOULU ÊTRE TROP GOURMAND, NIVEK... VOUS VOULIEZ FORCER VOS ADVERSAIRES À SE METTRE À TABLE ? VOUS VOILÀ SERVI !... IL EST UN PEU TARD POUR CHANGER DE RÉGIME !
VOUS SAVEZ QUI LES ENVOIE ?
SANS DOUTE LE MÊME QUE CELUI QUI VIENT DE ME JETER À LA PORTE... AIMEZ-VOUS LES DEVINETTES, NIVEK ?
NE JOUEZ PAS AU PLUS FIN, NOLAN ! JE SUIS COINCÉ DANS LES LOCAUX DU "TRIBUNE" ET CES TYPES SONT VENUS POUR LE GRAND NETTOYAGE !
J'ARRIVE DANS UNE MINUTE... ATTENDEZ-MOI EN BAS...
BONK !
POW POW POW POW
!!
36

POW POW POW
KLIK
KLIK
KLIK
SHLAK
KLAK
37

VRRR
BUM
EEEEEEEE
VRRRRN
MONTEZ, NIVEK ...
38

39

(1) LIRE TOME 3 : " EMPRISES ".

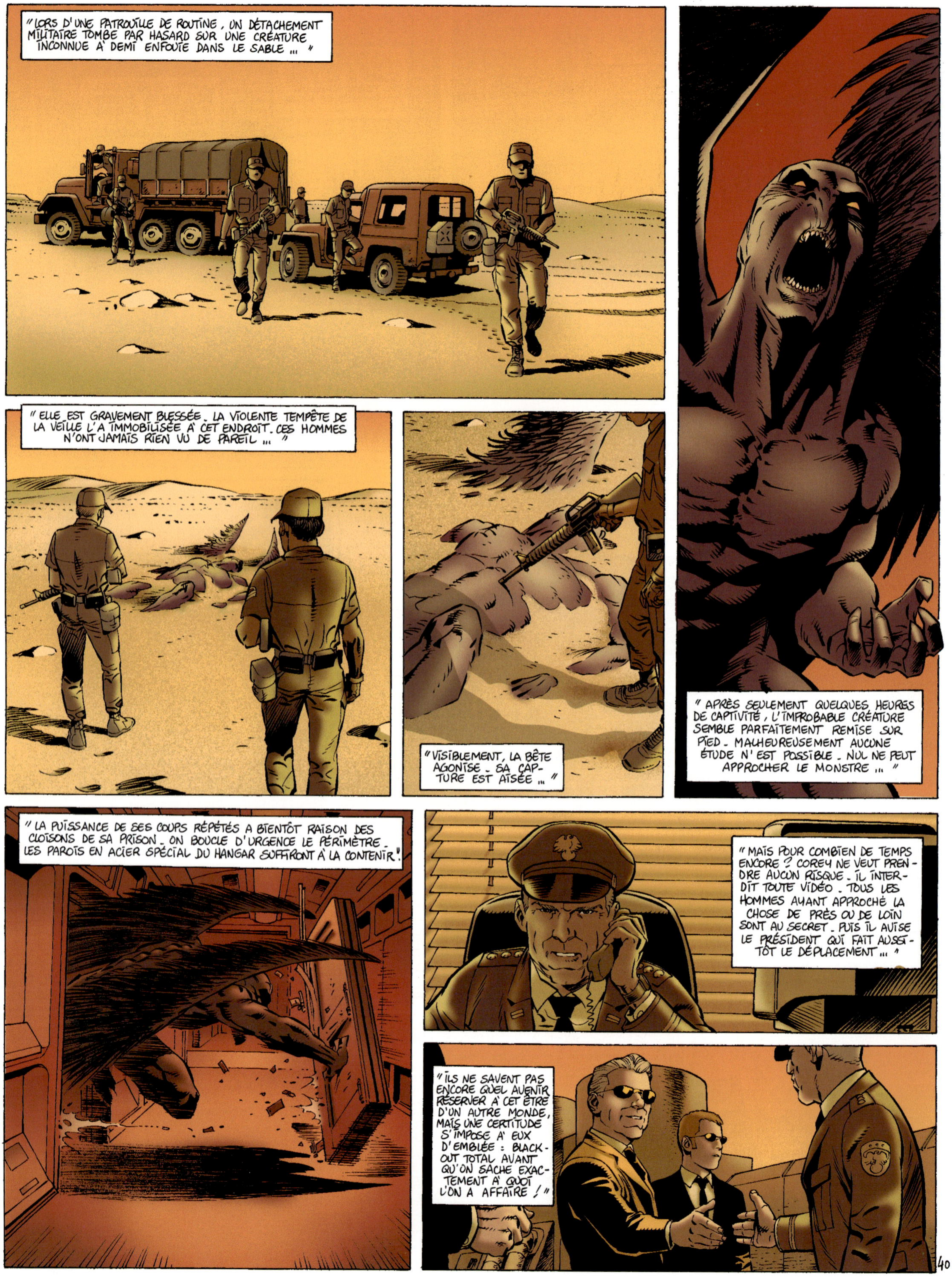
"LORS D'UNE PATROUILLE DE ROUTINE, UN DÉTACHEMENT MILITAIRE TOMBE PAR HASARD SUR UNE CRÉATURE INCONNUE À DEMI ENFOUIE DANS LE SABLE ..."
"ELLE EST GRAVEMENT BLESSÉE. LA VIOLENTE TEMPÊTE DE LA VEILLE L'A IMMOBILISÉE À CET ENDROIT. CES HOMMES N'ONT JAMAIS RIEN VU DE PAREIL ..."
"VISIBLEMENT, LA BÊTE AGONISE. SA CAPTURE EST AISÉE ..."
"APRÈS SEULEMENT QUELQUES HEURES DE CAPTIVITÉ, L'IMPROBABLE CRÉATURE SEMBLE PARFAITEMENT REMISE SUR PIED. MALHEUREUSEMENT AUCUNE ÉTUDE N'EST POSSIBLE. NUL NE PEUT APPROCHER LE MONSTRE ..."
"LA PUISSANCE DE SES COUPS RÉPÉTÉS A BIENTÔT RAISON DES CLOISONS DE SA PRISON. ON BOUCLE D'URGENCE LE PÉRIMÈTRE. LES PAROIS EN ACIER SPÉCIAL DU HANGAR SUFFIRONT À LA CONTENIR."
"MAIS POUR COMBIEN DE TEMPS ENCORE ? COREY NE VEUT PRENDRE AUCUN RISQUE. IL INTERDIT TOUTE VIDÉO. TOUS LES HOMMES AYANT APPROCHÉ LA CHOSE DE PRÈS OU DE LOIN SONT AU SECRET. PUIS IL AVISE LE PRÉSIDENT QUI FAIT AUSSITÔT LE DÉPLACEMENT ..."
"ILS NE SAVENT PAS ENCORE QUEL AVENIR RÉSERVER À CET ÊTRE D'UN AUTRE MONDE, MAIS UNE CERTITUDE S'IMPOSE À EUX D'EMBLÉE : BLACK-OUT TOTAL AVANT QU'ON SACHE EXACTEMENT À QUOI L'ON A AFFAIRE !"
40

" Après l'attentat, Corey a le sentiment d'avoir perdu la confiance du président. Il regrette de l'avoir impliqué dans l'affaire et redoute de se faire doubler ... "
" Ses craintes se confirment avec la disparition de la créature. Le chef de l'état a-t-il décidé de faire cavalier seul ? "
" Corey n'a plus aucun moyen de connaître les intentions du président. Il tente alors d'entrer en contact avec Crombie mais celui-ci refuse de parler. "
" Corey est complètement isolé. C'est alors que vous faites irruption à Southgate en compagnie de cette mystérieuse jeune femme ... "
" Le général vous laisse repartir sans vous inquiéter ... Il sait désormais que sa seule chance de rester en contact avec la créature, c'est vous, Nivek. "
Lorsqu'il apprend que le président me missionne auprès de vous, Corey achète mes services un bon prix. Mon rôle est simple : contrôler votre progression et vous aider le cas échéant ...
Un vrai conte de fées !
Où allons-nous ?
Au Pentagone ... Le général Corey-Everson a décidé de passer à l'action ...
PENTAGON
DEPARTMENT
Une petite surprise vous y attend ...
41

MAISON BLANCHE
10h15
MONSIEUR LE PRÉSIDENT, EST-IL EXACT QUE VOUS AYEZ ÉTÉ AU COURANT DE TOUS LES DÉTAILS DE CETTE SCABREUSE AFFAIRE ?
TOUT DE MÊME ... IL N'Y A PAS DE FUMÉE SANS FEU ... ET PUIS, IL Y A BEAUCOUP DE NOMS CITÉS ...
ÉCOUTEZ, SI TANT EST QU'ON PUISSE PROUVER QU'UNE TELLE AFFAIRE EXISTE RÉELLEMENT, JE TROUVE PLUTÔT SCANDALEUX D'ÊTRE LE DERNIER À EN AVOIR ÉTÉ INFORMÉ !
AHAHAHA
AHAHAHA!
AHAHAHA!
EXAMINONS ENSEMBLE QUI SONT CES GENS, VOULEZ-VOUS ? DALE CROMBIE EST MORT RÉCEMMENT AINSI QU'ARTHUR DOWNEY ... QUELQU'UN SAIT-IL OÙ SE TROUVE LE DOCTEUR CHAPMAN ACTUELLEMENT ? QUELQU'UN A-T-IL VU RÉCEMMENT KEVIN NIVEK OU MÊME VOTRE CONFRÈRE, CET IMPROBABLE MONSTEUR CUNNING ?
NON, MESDAMES ET MESSIEURS, PERSONNE NE LES A VUS CAR NOUS AVONS AFFAIRE À UN CANULAR DE LA PIRE ESPÈCE !
AU RISQUE DE DÉCEVOIR LES AMATEURS DE PARANORMAL, JE PUIS VOUS ASSURER QU'IL N'EXISTE DANS MON ENTOURAGE IMMÉDIAT NI ENTITÉ EXTRA-TERRESTRE, NI COMPLOT !
NOUS NE SOMMES PAS DANS UN ÉPISODE D'X-FILES !
AHAH
AHAHAHA
VOUS DÉMENTEZ DONC LES ACCUSATIONS PORTÉES CONTRE VOUS DANS CET ARTICLE ?
PARFAITEMENT ! ET J'ACCUSE SON AUTEUR D'AVOIR INVENTÉ CETTE HISTOIRE DE TOUTES PIÈCES !
42

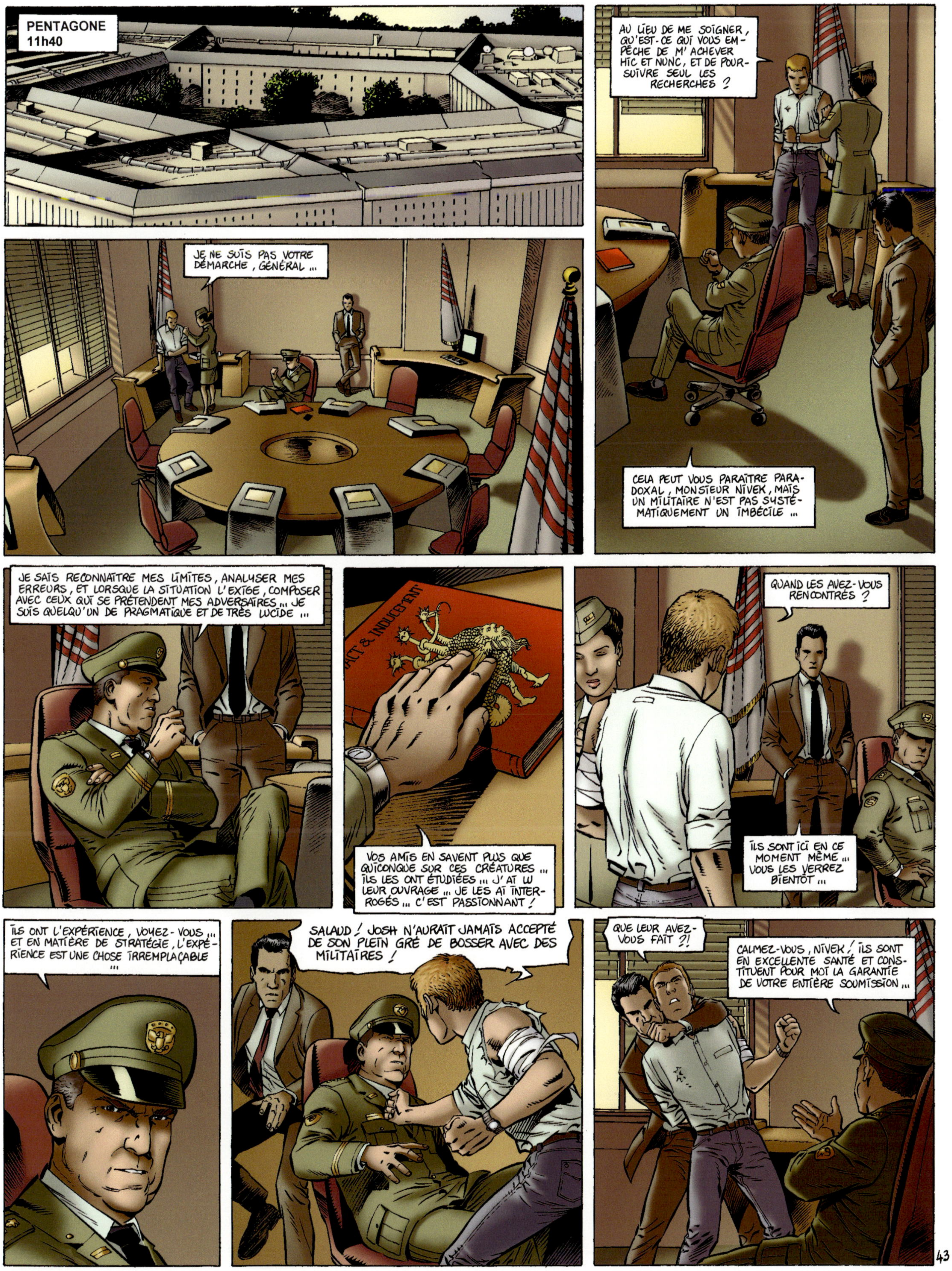
PENTAGONE
11h40
AU LIEU DE ME SOIGNER, QU'EST-CE QUI VOUS EMPÊCHE DE M'ACHEVER HIC ET NUNC, ET DE POURSUIVRE SEUL LES RECHERCHES ?
JE NE SUIS PAS VOTRE DÉMARCHE, GÉNÉRAL...
CELA PEUT VOUS PARAITRE PARADOXAL, MONSIEUR NIVEK, MAIS UN MILITAIRE N'EST PAS SYSTÉMATIQUEMENT UN IMBÉCILE...
JE SAIS RECONNAITRE MES LIMITES, ANALYSER MES ERREURS, ET LORSQUE LA SITUATION L'EXIGE, COMPOSER AVEC CEUX QUI SE PRÉTENDENT MES ADVERSAIRES... JE SUIS QUELQU'UN DE PRAGMATIQUE ET DE TRÈS LUCIDE...
PACT & INDUCEMENT
VOS AMIS EN SAVENT PLUS QUE QUICONQUE SUR CES CRÉATURES... ILS LES ONT ÉTUDIÉES... J'AI LU LEUR OUVRAGE... JE LES AI INTERROGÉS... C'EST PASSIONNANT !
QUAND LES AVEZ-VOUS RENCONTRÉS ?
ILS SONT ICI EN CE MOMENT MÊME... VOUS LES VERREZ BIENTÔT...
ILS ONT L'EXPÉRIENCE, VOYEZ-VOUS... ET EN MATIÈRE DE STRATÉGIE, L'EXPÉRIENCE EST UNE CHOSE IRREMPLAÇABLE...
SALAUD ! JOSH N'AURAIT JAMAIS ACCEPTÉ DE SON PLEIN GRÉ DE BOSSER AVEC DES MILITAIRES !
QUE LEUR AVEZ-VOUS FAIT ?!
CALMEZ-VOUS, NIVEK ! ILS SONT EN EXCELLENTE SANTÉ ET CONSTITUENT POUR MOI LA GARANTIE DE VOTRE ENTIÈRE SOUMISSION...
43

(1) NSA : NATIONAL SECURITY AGENCY.

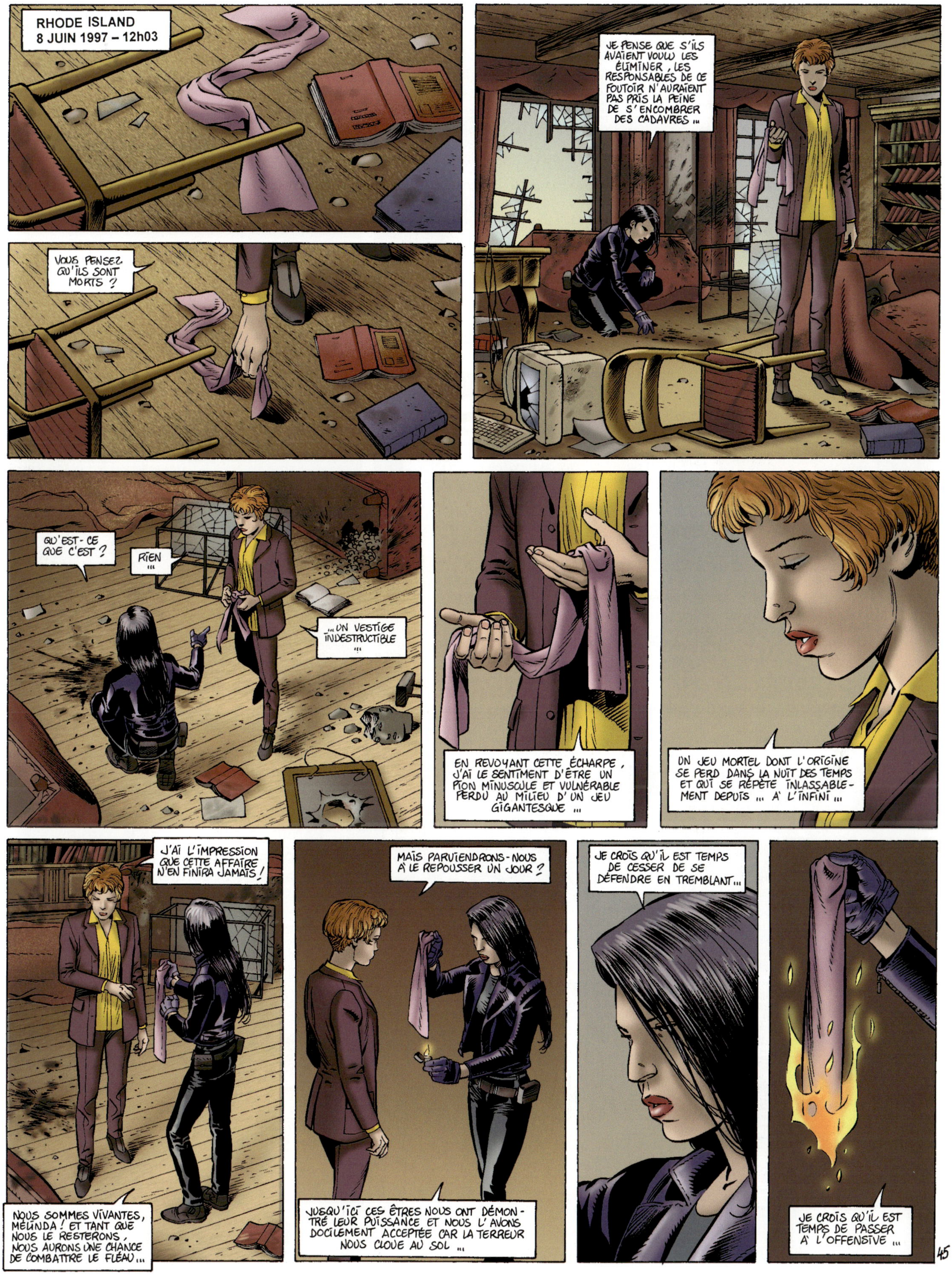
RHODE ISLAND
8 JUIN 1997 – 12h03
VOUS PENSEZ QU'ILS SONT MORTS ?
JE PENSE QUE S'ILS AVAIENT VOULU LES ÉLIMINER, LES RESPONSABLES DE CE FOUTOIR N'AURAIENT PAS PRIS LA PEINE DE S'ENCOMBRER DES CADAVRES...
QU'EST-CE QUE C'EST ?
RIEN ...
... UN VESTIGE INDESTRUCTIBLE ...
EN REVOYANT CETTE ÉCHARPE, J'AI LE SENTIMENT D'ÊTRE UN PION MINUSCULE ET VULNÉRABLE PERDU AU MILIEU D'UN JEU GIGANTESQUE ...
UN JEU MORTEL DONT L'ORIGINE SE PERD DANS LA NUIT DES TEMPS ET QUI SE RÉPÈTE INLASSABLEMENT DEPUIS ... À L'INFINI ...
J'AI L'IMPRESSION QUE CETTE AFFAIRE N'EN FINIRA JAMAIS !
NOUS SOMMES VIVANTES, MELINDA ! ET TANT QUE NOUS LE RESTERONS, NOUS AURONS UNE CHANCE DE COMBATTRE LE FLÉAU ...
MAIS PARVIENDRONS-NOUS À LE REPOUSSER UN JOUR ?
JUSQU'ICI CES ÊTRES NOUS ONT DÉMONTRÉ LEUR PUISSANCE ET NOUS L'AVONS DOCILEMENT ACCEPTÉE CAR LA TERREUR NOUS CLOUE AU SOL ...
JE CROIS QU'IL EST TEMPS DE CESSER DE SE DÉFENDRE EN TREMBLANT...
JE CROIS QU'IL EST TEMPS DE PASSER À L'OFFENSIVE ...
45

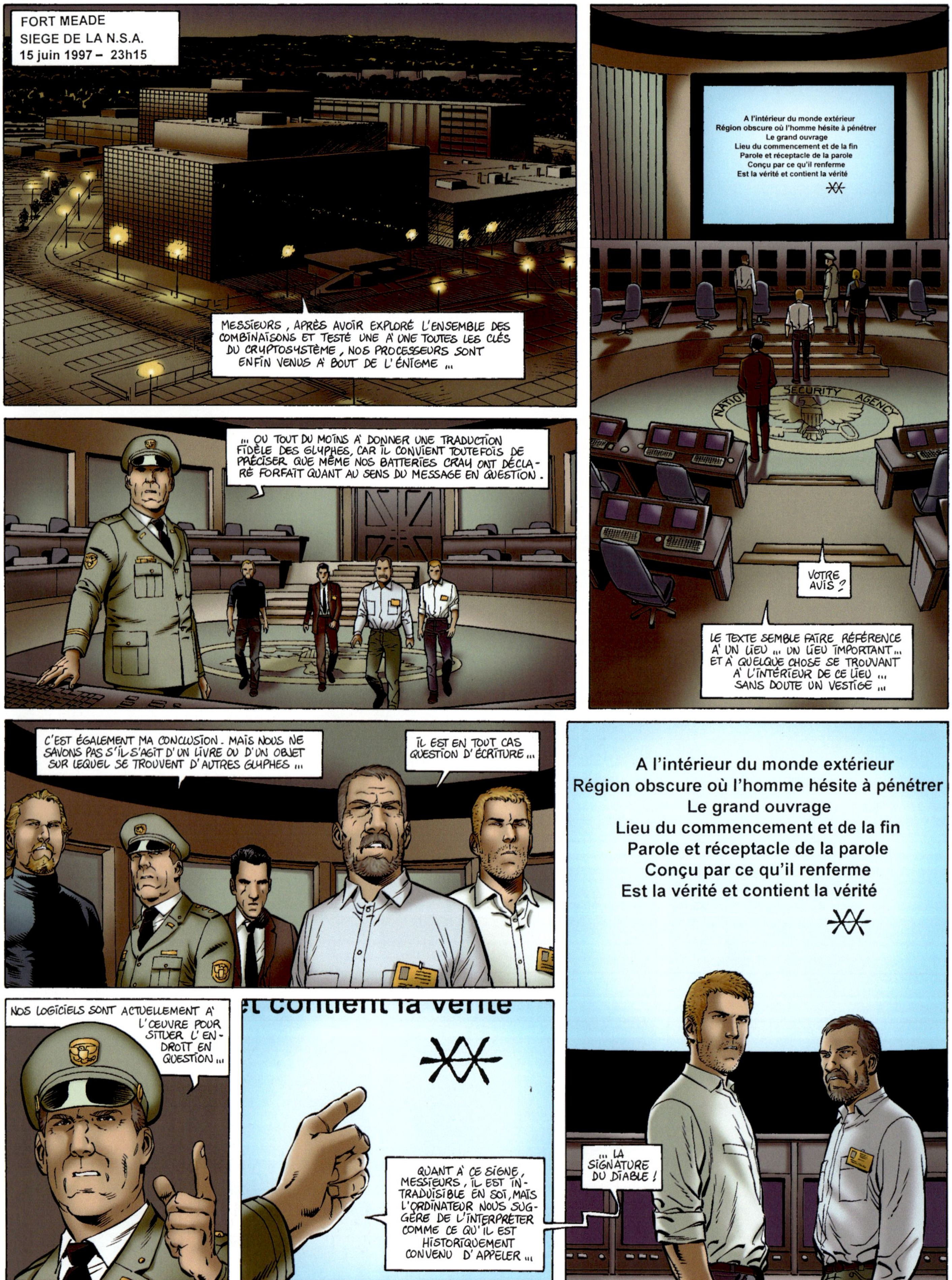

FORT MEADE
SIEGE DE LA N.S.A.
15 juin 1997 – 23h15
MESSIEURS, APRÈS AVOIR EXPLORÉ L'ENSEMBLE DES COMBINAISONS ET TESTÉ UNE À UNE TOUTES LES CLÉS DU CRYPTOSYSTÈME, NOS PROCESSEURS SONT ENFIN VENUS À BOUT DE L'ÉNIGME ...
A l'intérieur du monde extérieur
Région obscure où l'homme hésite à pénétrer
Le grand ouvrage
Lieu du commencement et de la fin
Parole et réceptacle de la parole
Conçu par ce qu'il renferme
Est la vérité et contient la vérité
... OU TOUT DU MOINS À DONNER UNE TRADUCTION FIDÈLE DES GLYPHES, CAR IL CONVIENT TOUTEFOIS DE PRÉCISER QUE MÊME NOS BATTERIES CRAY ONT DÉCLARÉ FORFAIT QUANT AU SENS DU MESSAGE EN QUESTION.
NATIONAL SECURITY AGENCY
VOTRE AVIS ?
LE TEXTE SEMBLE FAIRE RÉFÉRENCE À UN LIEU ... UN LIEU IMPORTANT... ET À QUELQUE CHOSE SE TROUVANT À L'INTÉRIEUR DE CE LIEU ... SANS DOUTE UN VESTIGE ...
C'EST ÉGALEMENT MA CONCLUSION. MAIS NOUS NE SAVONS PAS S'IL S'AGIT D'UN LIVRE OU D'UN OBJET SUR LEQUEL SE TROUVENT D'AUTRES GLYPHES ...
IL EST EN TOUT CAS QUESTION D'ÉCRITURE...
A l'intérieur du monde extérieur
Région obscure où l'homme hésite à pénétrer
Le grand ouvrage
Lieu du commencement et de la fin
Parole et réceptacle de la parole
Conçu par ce qu'il renferme
Est la vérité et contient la vérité
NOS LOGICIELS SONT ACTUELLEMENT À L'ŒUVRE POUR SITUER L'ENDROIT EN QUESTION ...
et contient la vérité
QUANT À CE SIGNE, MESSIEURS, IL EST INTRADUISIBLE EN SOI, MAIS L'ORDINATEUR NOUS SUGGÈRE DE L'INTERPRÉTER COMME CE QU'IL EST HISTORIQUEMENT CONVENU D'APPELER ...
... LA SIGNATURE DU DIABLE !
FIN DE L'ÉPISODE.
CORBEYRAN GUERINEAU 2001

REVES ET REALITE

Une race mystérieuse

Affirmer que les Stryges ont toujours su préserver leurs secrets est un euphémisme. Jamais une espèce ne s'est tenue aussi longtemps hors de notre portée. Malgré ses assauts répétés contre le genre humain, cette race mystérieuse s'est toujours située à la lisière de nos sociétés, en marge de notre conscience, agissant pourtant inlassablement, dans l'ombre, ourdissant notre perte.

Une aura de terreur

Insaisissables, les Stryges n'ont pas, à notre connaissance, de véritable berceau. Ils ne construisent pas de ville, ni le moindre abri, n'érigent aucun monument. La surface du globe est leur territoire. Certaines légendes affirment que les Stryges se réunissent cycliquement par groupes de sept ou neuf aux sommets des montagnes, autour d'austères pics rocheux. Mais on ne peut ici parler d'habitat au sens strict du terme. Ces endroits - qui évoquent plutôt des lieux de sinistres rendez-vous - sont souvent inaccessibles à l'homme et peuvent en outre être brusquement désertés sans raisons apparentes. Mais le plus souvent, ce sont les hommes qui, effrayés par la proximité de ce terrifiant voisinage, abandonnent les terres occupées par ces monstres.

D'autres légendes situent leurs repaires dans de profondes cavernes souterraines, en des endroits secrets et nocturnes. Par extension, certaines sources attestent que les Stryges connaissent l'emplacement des gisements et autres richesses enfouies dans les sous-sols (pétrole, fer, or, etc.). Selon ces mêmes sources, ceux qui tirent profit de ces richesses leur doivent leur réussite et sont leurs débiteurs. Si l'on peut sans conteste accorder crédit à ces deux thèses, il nous apparait toutefois évident que de tels êtres ne demeurent pas éternellement aux mêmes endroits. Les Stryges agissent en nomades. Ils voyagent à travers le monde et le temps, laissant derrière eux une aura de terreur, de mystère et de légende.

Des créatures maudites

Pourquoi cette fuite infinie ? La réponse est à glacer le sang. Les Stryges sont des créatures maudites, projetées entre deux mondes, celui de la vie et celui de la mort. Ils se situent quelque part entre le matériel et l'immatériel. Entre l'être et le non-être. Cette terrifiante vérité nous conduit inéluctablement à une non moins terrifiante conclusion : Pour subsister en tant qu'êtres matériels et spirituels, les stryges ont besoin de nourriture physique et métaphysique. Or, si la source de la première nous est totalement inconnue à ce jour, la seconde en revanche semble se trouver dans *l'esprit humain* ! De là, l'absolue nécessité pour ces créatures d'absorber non pas le corps ou le sang des hommes comme il est souvent fait allusion dans les mythes et les légendes, mais plutôt la *substance psychique* de leurs victimes. Agir sur la volonté des gens revient à leur dérober une partie de leur essence. Et c'est de cela dont se repaissent les stryges.

"L'ombre est la condition du rêve" **dit le poète. Les Stryges semblent avoir fait leur cette maxime obscure. Pourtant, c'est généralement le cauchemar que l'on représente sous leurs traits. (Illustration du XIXe siècle, détail)**